Silver Pencil Press

¡Hola! Mi nombre es Rooster y soy un cachorro.

Vivo en una casa de troncos con Papi David y Momiá Millie. Durante el día, me dejaron correr y jugar afuera y por la noche, tenemos camas agradables y cómodas para dormir. Incluso cuando era un bebé, dormía en una cama con mi madre y cuatro hermanas y mi hermano, dentro de un cobertizo. Entonces, me sorprendió y sentí curiosidad cuando Papi David anunció una mañana que íbamos a acampar y dormiríamos afuera.

Recogí mi tazón y mi juguete favorito, un hueso de goma naranja, y mi manta. En el garaje, esperé a que Momia Millie me abrochara el cinturón de seguridad. Me encanta ir a pasear y esta vez, ¡íbamos en una aventura!

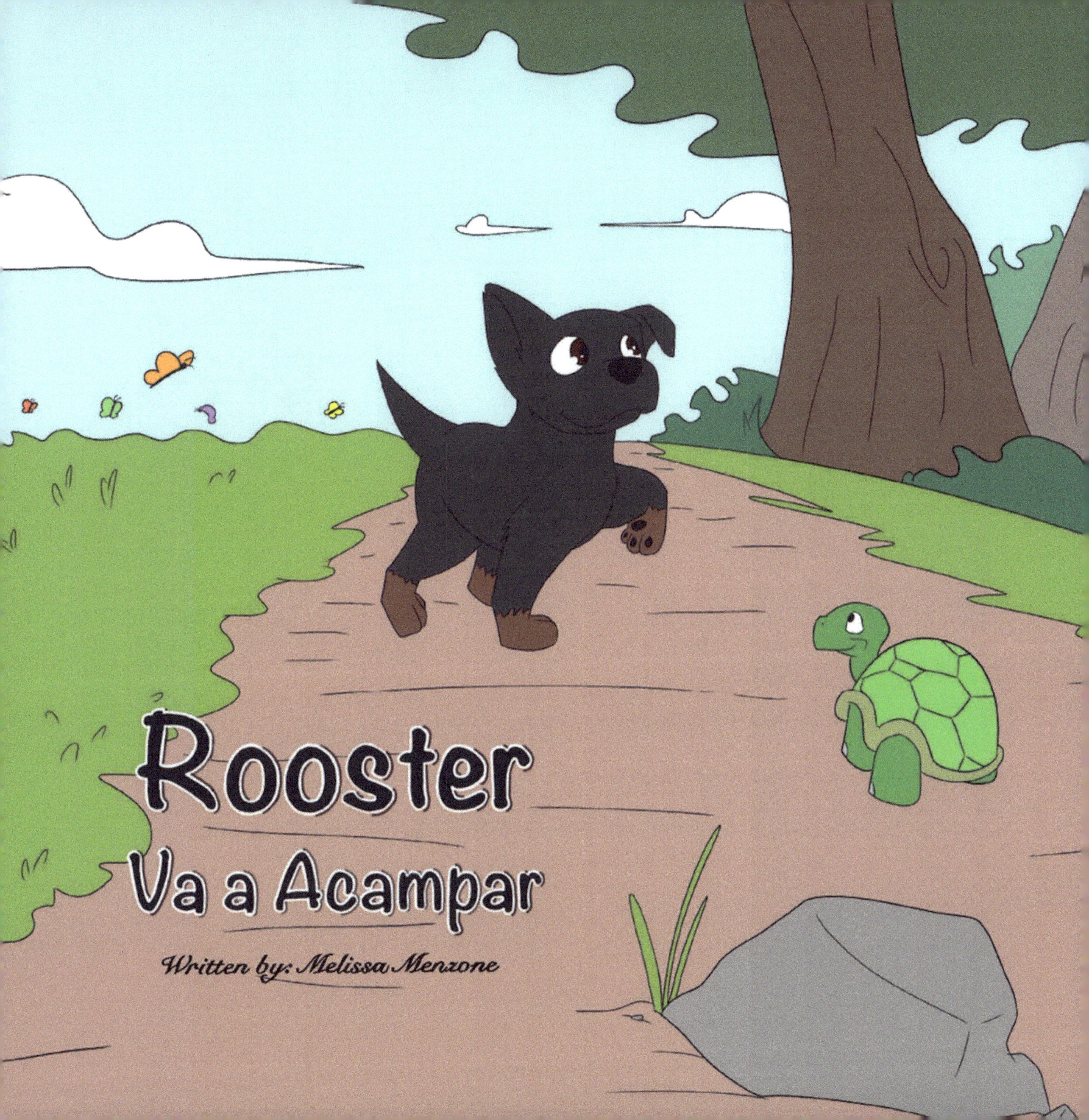

Rooster
Va a Acampar
Written by: Melissa Menzone

Cuando era muy pequeña, había conseguido perdido en el bosque. Fue aterrador y lloré mucho, hasta que Papi David me rescató. Cuando el camión se detuvo en un estacionamiento desierto al lado del bosque estatal, yo estaba asustado. ¡No quería perderse otra vez! Afortunadamente, esta vez tenía una brújula y un mapa.

Momia Millie, Papi David, y yo estudiamos el mapa, marcado donde queríamos ir, que fue llamado Bull Creek, y escogieron la mejor camino de que nos haga llegar. También destacamos algunos puntos de referencia porque queríamos estar seguros de que viajábamos en la dirección correcta. ¡Ahora estábamos preparados!

S
E
W
N

Una vez que estábamos listos, seguí avanzando, deteniéndome para estudiar algunas flores inusuales que sobresalían del musgo. Resulta que eran hongos venenosos. Me gustan las zanahorias que huelen dulce o incluso los guisantes, que son divertidos para rodar alrededor de mi plato, pero no estaba tan interesado en probar los champiñones. Olían amargo y Momia Millie dijo que no se los comieran.

Más tarde, varias ardillas me gritaron cuando arruiné su pila de bellotas escondidas entre algunas rocas. No era un buen escondite, especialmente si lo encontraba. No me gustan especialmente las bellotas. Los cacahuetes son buenos, sin embargo, y pensé que olía cacahuetes cerca de esas rocas. En su lugar, encontré una vieja envoltura de barra de granola y no migas.

Momia Millie tomó el envoltorio y lo puso con nuestra basura.

Subimos la ladera de una colina empinada y rocosa utilizando un camino estrecho y resbaladizo. ¡Fue aterrador! Sin embargo, en la parte superior, se podía ver el gran cielo azul que se extiende sobre las copas de los árboles. Descansamos por un corto tiempo en la cima del mundo.

Más tarde, en el camino, un puercoespín saltó de un arbusto justo a mi lado y cuando aterrizó caí hacia atrás. Tenía un cuerpo grande, una cara pequeña, ojos redondos y negros, y pequeñas patas. Cuando corrió hacia mí, me asusté y grité. Ese hizo que el puercoespín se detuviera y luego se convirtió en una bola, con sus púas sobresaliendo por todas partes. Curioso, me acerqué, pero él no se movió.

"¡Los puercoespines son peligrosos, Rooster!", Dijo Papi David mientras caminaba por la colina. "Puedes lastimarte con ellos, así que mantente alejado".

Decidí que probablemente era mejor escuchar a Papi David.

Trepamos sobre un árbol caído y evitamos un gran charco de lodo. ¡Personalmente, quería caminar a través de él! Es divertido jugar con el barro. Cerca de un arroyo, nos sentamos en una piedra y comimos algunos bocadillos. El agua era pura y limpia y fresca para beber. Luego, nos balanceamos en una rama de árbol inestable para cruzar la corriente.

Una vez que nuestro sendero se mezcló con otro y tuvimos que elegir cuál tomar. El mapa ayudó porque mostraba el arroyo que habíamos cruzado y la colina rocosa. De acuerdo con el mapa, Bull Creek estaba al norte de donde estábamos, así que puse mi brújula en una roca plana y la vi girar. La brújula me dijo que tomara el camino de la derecha! Saber a dónde iba me hacía divertido estar en el bosque. Aunque todavía no querría venir aquí solo.

Bull Creek era un pequeño claro sin hierba y con estas pequeñas y piedras redondas por todas partes. Las piedras olían raro, pero no podía entender por qué. Y no había ningún arroyo que pudiera ver o escuchar, aunque habíamos pasado por uno en nuestra caminata. Tenía mi propia tienda de campaña solo para dormir, justo al lado de Momia Millie y Papi David. De la forma en que lo pensé, realmente no estábamos durmiendo afuera, pero seguían diciendo: "¡Bienvenido al aire libre!"

Extendí mi manta en el suelo, metí mi juguete en la esquina, puse mi cuenco de agua cerca de la puerta, y partí a explorar.

"No te vayas muy lejos, Rooster", me dijo Momia Millie.

No estaba planeando en eso. Deambulé por unos arbustos y encontré una serpiente. Se deslizó a la izquierda y luego a la derecha. Serpientes eran grandes para persiguiendo. Me lancé sobre él para hacerle saber que quería jugar. Se dirigió hacia un arbusto y lo seguí, rompiendo algunas ramas. Se dirigió a unas rocas, pero lo corté. Fue a un pequeño árbol y luego desapareció por un agujero cerca del tronco.

Esa serpiente no se me escapando. Metí mi nariz en el agujero. Él estaba ahí; Podía oírlo acurrucarse en las hojas. Comencé a cavar, lanzamiento tierra a izquierda y derecha. Muy pronto tuve un agujero tan grande como yo y sin serpiente, nada que mostrar para mi trabajo duro. Me senté, jadeando y consideré qué hacer a continuación.

"¡Rooster, es hora de cenar!", Llamó Momia Millie.

Desde que la serpiente se escapó, ¡podria conseguir algo para comer! Me encanta comer, casi tanto como me encanta jugar. Salí de mi agujero y corrí de regreso al campamento. Y patiné hasta detenerme repentinamente, con la boca abierta.

¿Que es eso?

"Aléjate del fuego, Rooster", dijo Momia Millie.

Fuego. Tres troncos se cruzaron, brillando, con llamas rojas y naranjas bailando en el viento sobre ellos. Eso fue realmente genial. Estiré la nariz para olerlo y el humo se metió en mis ojos y garganta. Me picó, haciendo llorar mis ojos y tosí. Me agaché cerca del suelo y me acerqué más cerca. Un círculo de rocas rodeaba el fuego y ayudaba a bloquear el humo. Estiré una pata y apenas cepillé la parte superior de las piedras antes de tirando hacia atrás. Estaban calientes.

"¿Qué te dije?", Dijo Momia Millie. Papi David se rió entre dientes, levantándome por la nuca y poniéndome detrás de él.

¡No se estaban alejando del fuego! Papi David se sentó en una piedra con un cuenco en su regazo, justo al lado del fuego. Y Momia Millie, cuando no estaba sentada al lado de papi, agazapado justo sobre el fuego, revolviendo algo en una olla sentada en medio de las llamas. La cena. ¡Casi me olvido sobre eso! Me rendí tratando de tocar las llamas y comí en su lugar.

Después de la cena, Papi David dijo: "Ve a buscar tu juguete, Rooster".

Estaba justo donde lo había dejado, debajo de la esquina de mi manta en mi tienda. Lo agarré y corrí a donde papi esperaba. Me encanta jugar; ¿Ya te dije eso? De todos modos, todas las noches Papi David tira mi juguete, trato de atraparlo, si lo pierdo, lo persigo y se lo devuelvo para que lo arroje de nuevo.

Una vez, cuando mi juguete rebotó en la tierra, otra cosa también rebotó. Distraída, seguí una pequeña rana saltando sobre las piedras. ¡Un juguete que no necesitaba que nadie lo lanzara! Yo también salté, y lo atrapé.

"¡No te comas la rana, Rooster!", Gritó Papi David. Sin embargo, era demasiado tarde, porque cuando me había llamado, inhalé y me tragé la rana entera.

Jugamos hasta que estuvo oscuro y luego volvimos al fuego. Las llamas seguían bailando, rojas y naranjas, ondeando al viento, pero era mucho más pequeña y ahora estaba cansada. Me acurruqué entre Momia Millie y Papi David y cerré los ojos.

En algún momento durante la noche, momia o papi me llevaron a mi cama. Me di la vuelta y vi el cielo negro por encima de las copas de los árboles llenos de luces brillantes. Me levanté de un salto, sobresaltado, y luego recordé que estábamos acampando. Todavía podría oler el humo, pero el fuego se había ido; Dentro de la roca circundada no había más que ceniza empapada con agua. En la tienda de campaña junto a mí, podía oír los ronquidos. Hacía frío durmiendo afuera, incluso con mi manta. Así que agarré un extremo, y arrastré mi manta a la otra tienda donde me acurruqué junto a Momia Millie.

Golpear. Golpear. El suelo temblaba. Bufido. Golpear. El suelo volvió a temblar. Bufido. Bufido.

¡Algo grande me venía!

Me desperté bruscamente, respirando pesadamente y sudando. ¡Pero no fue un sueño!

Ruidos extraños llenaron el aire exterior. Momia Millie puso una mano temblorosa en mi espalda, haciéndome recostarme y abrazándome. Ella estaba asustada y eso me asustó aún más.

"Nadie se mueva", susurró Papi David. "No hagas ningún sonido".

Abrí los ojos y miré a través de la puerta de la tienda manera en la noch.

¡Guauu! Eso es lo que me vino a la mente. ¡GUAUU! ¡Eso fue el animal más grande que he visto! Tenía cuernos en su cabeza y estaba arañando el suelo, no lejos de mí. Resoplando por su enorme nariz mientras olfateaba primero mi plato de comida y luego las piedras alrededor de la fogata. En los árboles detrás de él, otras sombras se movieron igual de grandes, rascándose el cuello en los troncos de los árboles.

¡Y el olor! Era almizclado como una mofeta y húmedo como hojas mojadas. Me miró y soltó un fuerte resoplido. Me estremecí cuando el calor se apoderó de mí y cerré los ojos con fuerza.

¡Quería llorar, pero no me atrevería a desobedecer a Papi David!

"Es un ciervo", susurró Papi David. "Debemos estar en su circuito nocturno".

Miré a través de mis patas otra vez. El ciervo vagó por nuestro campamento, respirando pesadamente, tocando el suelo. Olfateó mi juguete, olfateó mi tienda de campaña, derribó algunas de las piedras alrededor el pozo de fuego con sus pies. Luego, con un último bramido fuerte, el ciervo se dio la vuelta y se alejó trotando.

En el bosque, conté una docena de otros ciervos que se movían a través de los árboles después de el.

¡Pasó mucho tiempo antes de que me volviera a dormir!

A la mañana siguiente todo se empacó de nuevo. Utilizamos un camino diferente, esta vez en dirección al sur, de regreso hacia el estacionamiento y el camión. Había menos arboles y pude perseguir mariposas de diferentes colores a través de un prado. Eso fue divertido, pero aún más interesante fue la tortuga!

Esta tortuga tenía un caparazón que era grande como una cubierta de basura. La tortuga estaba descansando en medio del sendero, en un lugar cálido y soleado. Las tortugas son lentas y pesadas, no muy divertido de perseguir. Pero, quería decir "hola" y por eso troté hacia él. La tortuga debe haber sido asustado, sin embargo, porque antes de que pudiera acercarse lo suficiente para olerlo, salio corriendo del camino, por una colina y en una corriente. ¡Lo habría seguido, pero no quería perderme!

Después de eso, llegamos a un hermoso y soleado abrevadero con una playa de arena. Momia Millie y Papi David se ponen sus trajes de baño. Soy un cachorro, así que no necesito uno. Saltamos de la orilla del río y en el agua. Me divertí mucho persiguiendo los palos que momia y papi tiraron por mí, chapoteando y nadando.

Tengo un viejo amigo, Custer el Gato, y él me enseñó a pescar. Cuando terminé de jugar, Papi David y yo pescamos algo de pescado para el almuerzo. Tenían muchos huesos, como los que comí con Custer el Gato. Se los comió crudos, pero Momia Millie cocinó el nuestro sobre un fuego.

Ya estaba oscureciendo y todavía teníamos que llegar al estacionamiento. Estaba cansado cuando finalmente llegamos a la camioneta y apenas podía subir a mi asiento. Momia Millie me abrochó el cinturón de seguridad y me dio mi manta.

"Eso fue divertido. Tendremos que ir a acampar otra vez", dijo Papi David mientras arrancaba el camión.

Estuve de acuerdo. ¡Estoy seguro de que soy un cachorro con suerte y este viaje de campamento fue una aventura fantástica!

Rooster Va a Acampar
Temas de Conversación para Maestros y Padres

Estimado maestro o padre,

Conoces a tus hijos mejor que yo, pero esperaba que esta historia les enseñara tres lecciones importantes para toda la vida. Los he enumerado aquí para su consideración. Gracias por incluir el viaje de campamento aventurero de Rooster en el levantamiento de sus hijos.

Respetuosamente,

Melissa

Tema de conversación 1: ¿Cuál es la diferencia entre coraje y audacia? Coraje es cuando los niños superan sus miedos para lograr algo fructífero. Rooster menciona que antes se había perdido en el bosque, pero aún así va a este viaje de campamento, solo que esta vez tiene a sus padres, un mapa y una brújula para guiarlo. Audacia, por otro lado, es hacer algo tonto por nada más que reconocimiento. Los niños no deben permitir que otros los pongan en peligro y los niños no deberían elegir actividades simplemente porque alguien los elogiará.

Tema de conversación 2: ¿Por qué está feliz Rooster de tener un mapa y una brújula? Hoy en día, los niños confían en el mundo digital para conseguir lugares. Pero, la mayoría de las aventuras verdaderas no necesitan una computadora. Aprender a usar correctamente la naturaleza como guía puede hacer de los viajes simples una gran aventura.

Tema de conversación 3: ¿Por qué la Momia Millie le dijo a Rooster que no comiera los hongos que crecen en el musgo? Los niños deben comer muchas verduras; Son necesarios para una vida larga y saludable. Pero, los niños necesitan entender que las verduras que se venden en la tienda de comestibles se cultivan específicamente para nuestras mesas. Cualquier cosa que se encuentre en la naturaleza puede ser venenosa, incluyendo la mayoría de las variedades de hongos.

Otros temas de conversación: ¿Cómo podemos prevenir los peligros de los incendios en los campamentos? (Recintos de piedra, terreno limpio que rodea el recinto, agua cerca, mantener el fuego pequeño) ¿Debemos acercarnos a los animales salvajes? (¡No! Incluso las serpientes y las ranas pueden ser venenosas. Las mordeduras duelen sin importar cuán pequeña sea la criatura y pueden causar infecciones) ¿Cómo lidiar con alguien que invade nuestro espacio / hogar? (muévase en silencio y lentamente hacia un padre / maestro, escóndase, no grite ni llame) ¿Cuáles son los efectos de tirar basura? (Sucio y feo, todo tiene su lugar, incluida la basura)

Also Available

Rooster Finds Home

Rooster Encuentra su Hogar

Rooster's Playtime

Rooster Goes Camping

Rooster's Day at the Spa

Rooster's Playtime 2